U0101557

中國書店藏版古籍叢刊

淮海詞

中國書店

出版説明

《宋六十名家詞》，明毛晉編。

毛晉（一五九九—一六五九），原名鳳苞，後改名晉，字子晉，别號潛在，江蘇常熟人。少爲諸生，嗜讀書和宋元精本名抄。年輕時即從事編校刻書，於故里構築汲古閣，專門收藏和傳刻古書，直至去世。所刻書籍，流布甚廣，著名的有《宋六十名家詞》、《十三經注疏》、《十七史》、《六十種曲》、《津逮秘書》等。

《宋六十名家詞》共分六集，包括自晏殊《珠玉詞》至盧炳《烘堂詞》共六十一家。所刻詞集的先後次序，按得詞付刻的時間爲準，不依時代排列。每家詞集之後，各附以跋語，或説明版本，或介紹詞人，或進行評論。自該書刊刻以來，成爲流傳最廣的宋人詞集之一，是研究詞學的重要叢書。至清光緒年間，錢塘振綺堂汪氏有感於《宋六十名家詞》汲古閣原本日漸稀缺，乃據以翻刻刷印，以便學人。

今鑒於詞集豐富的文學、藝術價值，中國書店據清光緒錢塘汪氏振綺堂刊本擇取部分詞集刷印。由於年代久遠，原版偶有殘損，刷印時特參照原書對殘損之頁進行了必要補配，以保持完整。該書的出版，不僅爲學術研究、古籍文獻整理做出了積極貢獻，也爲雕版刷印古籍的收藏者提供了一部珍稀的版本。

中國書店出版社

壬辰年夏

晁氏曰今代詞手惟秦七黃九或謂詞尙綺豔山谷特瘦健似非秦比朝溪子謂少游歌詞當在東坡上但少游性不耐聚稿間有淫章醉句輒散落青帘紅袖間雖流播舌眼從無的本余既訂譌搜逸共得八十七調集爲一卷亦未敢曰無闕遺也古虞毛晉記

淮海詞

目錄

淮海詞目錄終

淮海詞

宋 秦觀

憶仙姿 舊刻如夢令五闋今增入二闋

門外鴉啼楊柳春色著人如酒睡起熨沈香玉腕不
勝金斗消瘦消瘦還是褪花時候

又

遙夜沈沈如水風緊驛亭深閉夢破鼠窺燈霜送曉
寒侵被無寐無寐門外馬嘶人起

又

幽夢匆匆破後妝粉亂紅霑袖遙想酒醒來無奈玉
銷花瘦回首回首繞岸夕陽疏柳

又 或刻晏叔原

樓外殘陽紅滿春入柳條將半桃李不禁風回首落
英無限腸斷腸斷人共楚天俱遠

又 或刻周美成

池上春歸何處滿目落花飛絮孤館悄無人夢斷月
堤歸路無緒無緒簾外五更風雨

又 此二闋舊本逸

門外綠陰千頃兩兩黃鸝相應睡起不勝情行到碧
梧金井人靜人靜風弄一枝花影

又

鶯嘴啄花紅溜燕尾點波綠皺指冷玉笙寒吹徹小

梅春透依舊依舊人與綠楊俱瘦

昭君怨 春日寓意○舊刻趙長卿

隔葉乳鴉聲軟號斷日斜陰轉楊柳小腰肢畫樓西役損風流心眼眉上新愁無限極目送雲行此時情

調笑令

漢宮選女適單于明妃斂袂登氈車玉容寂寞花無主顧影徘徊泣路隅行行漸入陰山路目斷征鴻入雲去獨抱琵琶恨更深漢宮不見空回顧

回顧漢宮路捍撥檀槽鸞對舞玉容寂寞花無主顧影偷彈玉筯未央宮殿知何處目送征鴻南去

右王昭君

金陵往昔帝王州樂昌主第最風流一朝隋兵到江上共抱悽悽去國愁越公萬騎鳴笳鼓劍擁玉人天上去空攜破鏡望紅塵千古江楓籠輦路

輦路江楓古樓上吹簫人在否菱花半壁香塵汙往日繁華何處舊歡新愛誰爲主啼笑兩難分付

右樂昌公主

蒲中有女號崔徽輕似南山翡翠兒使君當日最寵愛坐中對客常擁持一見裴郎心似醉夜解羅衣與門吏西門寺裏樂未央樂府至今歌翡翠

翡翠好容止誰使庸奴輕點綴裴郎一見心如醉笑

竊偷傳深意羅衣深夜與門吏暗結城西幽會

右崔徽

尚書有女名無雙蛾眉如畫學新妝伊家仙客最明俊舅母惟只呼王郎尚書往日先曾許數載暌違今復遇聞說襄江二十年當時未必輕相慕

相慕無雙女當日尚書先曾許王郎明俊神仙侶腸斷別離情苦數年暌恨今復遇笑指襄江歸去

右無雙

錦城春暖花欲飛灼灼當庭舞柘枝相君上客河東秀自言那得傍人知妾願身為梁上燕朝朝暮暮長相見雲收月墜海沈沈淚滿紅綃寄腸斷

腸斷繡簾捲妾願身為梁上燕朝朝暮暮長相見莫遣恩遷情變紅綃粉淚知何限萬古空傳遺怨

右灼灼

百尺樓高燕子飛樓上美人顰翠眉將軍一去音容遠只有年年舊燕歸春風昨夜來深院春色依然人不見只餘明月照孤眠回望舊恩空戀戀

戀戀樓中燕燕子樓空春日晚將軍一去音容遠空鎖樓中深院春風重到人不見十二闌干倚徧

右盼盼

崔家有女名鶯鶯未識春光先有情河橋兵亂依蕭寺紅愁綠慘見張生張生一見春情重明月拂

牆花影動夜半紅娘擁抱來脉脉驚魂若春夢
春夢神仙洞冉冉拂牆花樹動西廂待月知誰共更
覺玉人情重紅娘深夜行雲送困嚲釵橫金鳳
右崔鶯鶯
若耶溪邊天氣秋採蓮女兒溪岸頭笑隔荷花共
人語煙波渺渺蕩輕舟數聲水調紅嬌晚棹轉舟
回笑人遠腸斷誰家遊冶郎盡日踟躕臨柳岸
柳岸水清淺笑折荷花呼女伴盈盈日照新妝面水
調空傳幽怨扁舟日暮笑聲遠對此令人腸斷
右採蓮
鑒湖樓閣與雲齊樓上女兒名阿溪十五能為綺

麗句平生未解出幽閨謝郎巧思詩裁翦能使佳
人動幽怨瓊枝璧月結芳期斗帳雙雙成眷戀
眷戀西湖岸湖面樓臺侵雲漢阿溪本是飛瓊伴風
月朱扉斜掩謝郎巧思詩裁翦能動芳懷幽怨
右煙中怨
深閨女兒嬌復癡春愁春恨那復知舅兄唯有相
拘意暗想花心臨別時離舟欲解春江暮冉冉香
魂逐君去重來兩身復一身夢覺春風話心素
心素與誰語始信別離情最苦蘭舟欲解春江暮精
爽隨君歸去異時攜手重來處夢覺春風庭戶
右離魂記

生查子（時刻不載）

眉黛遠山長新柳開青眼樓閣斷霞明羅幕春寒淺
杯嫌玉漏遲燭厭金刀翦月色忽飛來花影和簾
捲

點絳唇（桃源○或刻蘇子瞻）

醉漾輕舟信流引到花深處塵緣相誤無計花間住
煙水茫茫回首斜陽暮山無數亂紅如雨不記來
時路

又

月轉烏啼畫堂宮徵生離恨美人愁悶不管羅衣褪
清淚斑斑揮斷柔腸寸嗔人問背燈偷揾拭盡殘
妝粉

浣溪沙（此首或刻歐陽永叔）

漠漠輕寒上小樓曉陰無賴似窮秋澹煙流水畫屏
幽
自在飛花輕似夢無邊絲雨細如愁寶簾閒挂
小銀鉤

又（亦刻歐陽永叔）

香靨凝羞一笑開柳腰如醉暖相挨日長人困下樓
臺
照水有情聊整鬢倚闌無緒更兜鞋眼邊牽恨
懶歸來

又

霜縞同心翠黛連紅綃四角綴金錢惱人香爇是龍

延　枕上忽收疑是夢燈前重看不成眠又還一段

浣溪沙

又

脚上鞵兒四寸羅脣邊朱粉一櫻多見人無語但回波　料得有心憐宋玉只應無奈楚襄何今生有分共伊麽

又 或刻張子野

錦帳重重捲暮霞屏風曲曲鬬紅牙恨人何事苦離家　枕上夢魂飛不去覺來紅日又西斜滿庭芳草襯殘花

採桑子 元刻醜奴兒

夜來酒醒清無夢愁倚闌干露滴輕寒雨打芙蓉淚不乾　佳人別後音塵悄瘦盡難拚明月無端已過紅樓十二間

菩薩蠻

蟲聲泣露驚秋枕羅幃淚溼鴛鴦錦獨臥玉肌涼殘更與恨長　陰風翻翠幔雨澀燈花暗畢竟不成眠鴉啼金井寒

又 時刻不載

金風簌簌驚黃葉高樓影轉銀蟾匝夢斷繡簾垂月明烏鵲飛　新愁知幾許欲似柳千絲雁已不堪聞砧聲何處村

減字木蘭花

天涯舊恨獨自淒涼人不問欲見回腸斷盡金爐小篆香　黛蛾長歛任是東風吹不轉困倚危樓過盡飛鴻字字愁

好事近 夢中作

春路雨添花花動一山春色行到小溪深處有黃鸝千百　飛雲當面化龍蛇夭矯轉空碧醉臥古藤陰下了不知南北

阮郎歸

褪花新綠漸團枝撲人風絮飛鞦韆未拆水平堤落紅成地衣　遊蝶困乳鶯啼怨春春怎知日長早被

酒禁持那堪更別離

又

宮腰裊裊翠鬟鬆夜堂深處逢無端銀燭殞秋風靈犀得暗通　更有限恨無窮星河沈曉空隴頭流水各西東佳期如夢中

又

瀟湘門外水平鋪月寒征棹孤紅妝飲罷少踟躕有人偷向隅　揮玉筯灑真珠梨花春雨餘人人盡道斷腸初那堪腸也無

又

湘天風雨破寒初深深庭院虛麗譙吹罷小單于迢

迢清夜徂　鄉夢斷旅魂孤崢嶸歲又除衡陽猶有雁傳書郴陽和雁無

又（舊刻醉桃源 另見今併入）

碧天如水月如眉城頭銀漏遲綠波風動畫船移嬌羞初見時　銀燭暗翠簾垂芳心兩自知楚臺魂斷曉雲飛幽歡難再期

畫堂春

落紅鋪徑水平池弄晴小雨霏霏杏園顦顇杜鵑啼無奈春歸　柳外畫樓獨上凭闌手撚花枝放花無語對斜暉此恨誰知

又（或刻山谷 年十六作）

東風吹柳日初長雨餘芳草斜陽杏花零亂燕泥香睡損紅妝　寶篆煙消龍鳳畫屏雲鎖瀟湘夜寒微透薄羅裳無限思量

海棠春（舊刻不載）

流鶯窗外啼聲巧睡未足把人驚覺翠被曉寒輕寶篆沈煙裊　宿酲未解宮娥報道別院笙歌會早試問海棠花昨夜開多少

一落索

楊花終日飛舞奈久長難駐海潮雖是暫時來却有箇堪憑處　紫府碧雲爲路好相將歸去肯如薄倖五更風不解與花爲主

虞美人影

秦樓深鎖薄情種淸夜悠悠誰共羞見枕衾鴛鳳悶即和衣擁　無端畫角嚴城動驚破一番新夢窗外月華霜重聽徹梅花弄

又 時刻不載

碧紗影弄東風曉一夜海棠開了枝上數聲啼鳥妝點知多少　妬雲恨雨腰肢裊眉黛不堪重掃薄倖不來春老羞帶宜男草

迎春樂

菖蒲葉葉知多少惟有箇蜂兒妙雨晴紅粉齊開了露一點嬌黃小　早是被曉風力暴更春共斜陽俱

老怎得花香深處作箇蜂兒抱 花香原作香香恐是當時語

南歌子 贈陶心兒

玉漏迢迢盡銀潢淡淡橫夢回宿酒未全醒已被鄰雞催起怕天明　臂上妝猶在襟間淚尚盈水邊燈火漸人行天外一鉤殘月帶三星

又

愁鬢香雲墜嬌眸水玉裁月屏風幌為誰開天外不知音耗百般猜　玉露沾庭砌金風動琯灰相看有似夢初回只恐又拋人去幾時來

又

香墨彎彎畫燕脂淡淡勻揉藍衫子杏黃裙獨倚玉

闌無緒點檀脣　人去空流水　花飛半掩門　亂山何
處覓行雲又是一鉤新月照黃昏

品令

幸自得一分索强教人難喫好好地惡了十來日恰
而今較些不　須管啜持教笑又也何須胒織衡倚
賴臉兒得人惜放軟頑道不得

又

掉又懼天然箇品格於中壓一簾兒下時把鞵兒踢
語低低笑咭咭　每每秦樓相見見了無限憐惜人
前强不欲相沾識把不定臉兒赤

玉樓春

秋容老盡芙蓉院草上霜花勻似翦西樓促坐酒杯
深風壓繡簾香不捲　玉纖慵整銀箏雁紅袖時籠
金鴨暖歲華一任委西風獨有春紅留醉臉

鵲橋仙

纖雲弄巧飛星傳恨銀漢迢迢暗度金風玉露一相
逢便勝却人間無數　柔情似水佳期如夢忍顧鵲
橋歸路兩情若是久長時又豈在朝朝暮暮

虞美人

高城望斷塵如霧不見聯驂處夕陽村外小灣頭只
有柳花無數送歸舟　瓊枝玉樹頻相見只恨離人
遠欲將幽恨寄青樓爭奈無情江水不西流

又

碧桃天上栽和露不是凡花數亂山深處水縈洄可惜一枝如畫為誰開　輕寒細雨情何限不道春難管為君沈醉又何妨祇怕酒醒時候斷人腸

又

行行信馬橫塘畔煙水秋平岸綠荷多少斜陽中知為阿誰凝恨背西風　紅妝艇子來何處蕩槳偷相顧鴛鴦驚起不無愁柳外一雙飛去却回頭

南鄉子

妙手寫徽眞水翦雙眸點絳脣疑是昔年窺宋玉東鄰只露牆頭一半身　往事已酸辛誰記當年翠黛

顰盡道有些堪恨處無情任是無情也動人

踏莎行 郴州旅舍

霧失樓臺月迷津渡桃源望斷無尋處可堪孤館閉春寒杜鵑聲裏斜陽暮　驛寄梅花魚傳尺素砌成此恨無重數郴江幸自繞郴山為誰流下瀟湘去

坡翁絕愛此詞尾兩句自書于扇云少游已矣雖萬人何贖釋天隱註三體唐詩謂此二句實自沅湘日夜東流去不為愁人住少時變化然邶之毖彼泉水亦流于淇已有此意秦公蓋出諸此又王直方詩話載黃山谷惜此詞斜陽暮意重欲易之未得其字今郴誌遂作斜陽度愚謂此亦何害而病其重也李太白詩晻彼落日暮即斜陽暮也劉禹錫烏衣巷口夕陽斜杜工部山木蒼蒼落日曛皆此意別如韓文公紀夢詩中有一人壯非少石鼓歌安置妥帖平不頗之類尤多豈可亦謂之重耶山谷當無此言即誠出山谷亦豈足為定論耶

臨江仙

千里瀟湘挼藍浦蘭橈昔日曾經月高風定露華清微波澄不動冷浸一天星　獨倚危樓情悄悄遥聞妃瑟泠泠新聲含盡古今情曲終人不見江上數峯青

又

髻子偎人嬌不整眼兒失睡微重尋思模樣早心忪斷腸攜手處何事太怱怱　不忍殘紅猶在臂翻疑夢裏相逢遥憐南埭上孤篷夕陽流水紅滿淚痕中

蝶戀花

曉日窺軒雙燕語似與佳人共惜春將暮屈指豔陽都幾許可無時霎閑風雨　流水落花無問處只有飛雲冉冉來還去持酒勸雲雲且住憑君礙斷春歸路

河傳

亂花飛絮又望空鬬合離人愁苦那更夜來一霎薄情風雨暗掩將春色去　籬枯壁盡因誰做若說相思佛也眉兒聚莫怪爲伊抵死縈腸惹肚爲沒教人恨處

又

恨眉醉眼甚輕輕覷著神魂迷亂常記那回小曲闌干西畔鬢雲鬆羅襪剗　丁香笑吐嬌無限語輭聲

低消我何曾慣雲雨未諳早被東風吹散悶損人天不管

江城子

西城楊柳弄春柔動離憂淚難收猶記多情曾爲繫歸舟碧野朱橋當日事人不見水空流　韶華不爲少年留恨悠悠幾時休飛絮落花時候一登樓便做春江都是淚流不盡許多愁

又

南來飛燕北歸鴻偶相逢慘愁容綠鬢朱顏重見兩衰翁別後悠悠君莫問無限事不言中　小槽春酒滴珠紅莫悤悤滿金鍾飲散落花流水各西東後會不知何處是煙浪遠暮雲重

又

棗花金釧約柔荑昔曾攜事難期咫尺玉顏和淚鎖金閨恰似小園桃與李雖同處不同枝　玉笙初度顫鸞篦落花飛爲誰吹月冷風高此恨只天知任是行人無定處重相見是何時

千秋歲　謫虔州日作

水邊沙外城郭春寒退花影亂鶯聲碎飄零疏酒盞離別寬衣帶人不見碧雲暮合空相對　憶昔西池會鵷鷺同飛蓋攜手處今誰在日邊清夢斷鏡裏朱顏改春去也飛紅萬點愁如海

一叢花

年時今夜見師師雙頰酒紅滋疎簾半捲微燈外露華上煙裊涼颸簪髻亂抛偎人不起彈淚唱新詞

佳期誰料久參差愁緒暗縈絲想應妙舞情歌罷又還對秋色嗟咨惟有畫樓當時明月兩處照相思

促拍滿路花 一無促拍二字

露顆添花色月彩投窗隙春思如中酒恨無力洞房咫尺曾寄青鸞翼雲散無蹤跡羅帳熏殘夢回無處尋覓 輕紅膩白步步熏蘭澤約腕金環重宜裝飾未知安否一向無消息不似尋常憶憶後教人片時存濟不得

滿園花

一向沈吟久淚珠盈襟袖我當初不合苦撋就慣縱得軟頑見底心先有行待癡心守甚捻著脉子倒把人來僝僽 近日來非常羅皁醜佛也須眉皺怎掩得衆人口待收了孛羅罷了從來斗從今後休道共我夢見也不能得勾

八六子 春怨

倚危亭恨如芳草萋萋剗盡還生念柳外青驄別後水邊紅袂分時愴然暗驚 無端天與娉婷夜月一簾幽夢春風十里柔情怎奈何歡娛漸隨流水素絃聲斷翠綃香減那堪片片飛花弄晚濛濛殘雨籠晴

正銷凝黃鸝又啼數聲

夢揚州

晚雲收正柳塘煙雨初休燕子未歸惻惻輕寒如秋小欄外東風軟透繡幃花密香稠江南遠人何處鷓鴣啼破春愁　長記曾陪燕遊酬妙舞清歌麗錦纏頭殢酒困花十載因誰淹留醉鞭拂面歸來晚望翠樓簾捲金鈎佳會阻離情正亂頻夢揚州

滿庭芳

山抹微雲天粘衰草畫角聲斷譙門暫停征棹聊共引離尊多少蓬萊舊事空回首煙靄紛紛斜陽外寒鴉數點流水繞孤村　消魂當此際香囊暗解羅帶輕分漫贏得青樓薄倖名存此去何時見也襟袖上空染啼痕傷情處高城望斷燈火已黃昏

天粘衰草今本改粘作連非也韓文洞庭漫汗粘天無壁張祜詩草色粘天鷓鴣恨山谷詩遠水粘天吞釣舟邵博詩平浪勢粘天趙文昇詞玉關芳草粘天碧嚴次山詞粘雲紅影傷千古葉夢得詞浪粘天蒲桃漲綠劉行簡詞山翠欲粘天劉叔安詞暮煙細草粘天遠粘字極工且有出處若作連天是小兒之語也

又

紅蓼花繁黃蘆葉亂夜深玉露初零霽天空闊雲淡楚江清獨棹孤篷小艇悠悠過煙渚沙汀金鈎細絲綸慢捲牽動一潭星　時時橫短笛清風皓月相與忘形任人笑生涯泛梗飄萍飲罷不妨醉臥塵勞事有耳誰聽江風靜日高未起枕上酒微醒

又

碧水驚秋黃雲凝暮敗葉零亂空堦洞房人靜斜月
照徘徊又是重陽近也幾處處砧杵聲催西窗下風
搖翠竹疑是故人來　傷懷增悵望新懽易失往事
難猜問籬邊黃菊知爲誰開謾道愁須殢酒酒未醒
愁已先回憑闌久金波漸轉白露點蒼苔

又詠茶○或刻黃山谷

北苑研膏方圭圓璧萬里名動京關碎身粉骨功合
上凌煙尊俎風流戰勝降春睡開拓愁邊纖纖捧香
泉濺乳金縷鷓鴣斑　相如方病酒一觴一詠賓友
羣賢爲扶起燈前醉玉頹山搜攬胸中萬卷還傾動

三峽詞源歸來晚文君未寢相對小妝殘

又向誤王觀

晚色雲開春隨人意驟雨方過還晴高臺芳樹飛燕
蹴紅英舞困榆錢自落鞦韆外綠水橋平東風裏朱
門映柳低按小秦箏　多情行樂處珠鈿翠蓋玉轡
紅纓漸酒空金榼花困蓬瀛豆蔻梢頭舊恨十年夢
屈指堪驚憑闌久疎煙淡日寂寞下蕪城今本誤作晚兔雲開
不通維揚張綖刻詩餘譜以意改兔作見
亦非按花菴詞選作晚色雲開今從之

又茶詞

雅燕飛觴清談揮麈使君高會羣賢密雲雙鳳初破
縷金團窗外爐煙似動開尊試一品奔泉輕淘起香

生玉乳雪濺紫甌圓　嬌鬟宜美盼雙擎翠袖穩步
紅蓮坐中客翻愁酒醒歌闌點上紗籠畫燭花驄弄
月影當軒頻相顧餘歡未盡欲去且留連

雨中花慢

點指虛無征路醉乘斑虬遠訪西極見天風吹落滿
空寒皇女明星迎笑何苦自淹塵域正火輪飛上霧
捲煙開洞觀金碧　重重觀閣橫枕鼇峯水面倒銜
蒼石隨處有奇香幽火杳然難測好是蟠桃熟後阿
環偷報消息在天碧海一枝難遇占取春色

長相思

鐵甕城高蒜山渡闊干雲十二層樓開尊待月掩箔

披風依然燈火揚州綺陌南頭記歌名宛轉鄉號溫
柔曲檻俯清流想花陰誰繫蘭舟　念淒絕秦絃感
深荆賦相望幾許凝愁勤勤裁尺素奈雙魚難渡瓜
洲曉鑒堪羞潘鬢點吳霜漸稠幸于飛鴛鴦未老不

水龍吟　贈妓樓東玉

小樓連苑橫空下窺繡轂雕鞍驟疎簾半捲單衣初
試清明時候破暖輕風弄晴微雨欲無還有賣花聲
過盡斜陽院落紅成陣飛鴛甃　玉佩丁東別後悵
佳期參差難又名韁利鎖天還知道和天也瘦花下
重門柳邊深巷不堪回首念多情但有當時皓月照
人依舊

鼓笛慢

亂花叢裏曾攜手窮豔景迷歡賞到如今誰把鞍鎖定閒遊人來往好夢隨春遠從前事不堪思想念香閨正杳佳歡未偶難留戀空惆悵　永夜嬋娟未滿嘆玉樓幾時重上那堪萬里却尋歸路指陽關孤唱苦恨東流水桃源路欲回雙槳仗何人細與叮嚀問呵我如今怎向

望海潮 廣陵懷古

星分牛斗疆連淮海揚州萬井提封花發路香鶯啼人起朱簾十里春風豪俊氣如虹曳照春金紫飛蓋相從巷入垂楊畫橋南北翠煙中　追思故國繁雄

有迷樓挂斗月觀橫空紋錦製帆明珠濺雨寧論雀馬魚龍往事逐孤鴻但亂雲流水縈帶離宮最好揮毫萬字一飲拚千鍾

又 越州懷古

秦峰蒼翠耶溪瀟灑千巖萬壑爭流鴛瓦雉城譙門畫戟蓬萊燕閣三休天際識歸舟汎五湖煙月西子同遊茂草荒臺苧羅村冷起閒愁　何人覽古凝眸悵朱顏易失翠被難留梅市舊書蘭亭古墨依稀風韻生秋狂客鑑湖頭有百年臺沼終日夷猶最好金龜換酒相與醉滄洲

又 洛陽懷古

梅英疎淡冰澌溶洩東風暗換年華金谷俊游銅駝巷陌新晴細履平沙長記誤隨車正絮翻蝶舞芳思交加柳下桃蹊亂分春色到人家　西園夜飲鳴笳有華燈礙月飛蓋妨花蘭苑未空行人漸老重來是事堪嗟煙暝酒旗斜但倚樓極目時見棲鴉無奈歸心暗隨流水到天涯

又 別意

奴如飛絮郎如流水相沾便肯相隨微月戶庭殘燈簾幕匆匆共惜佳期纔話暫分攜早抱人嬌咽雙淚紅垂畫舸難停翠幃輕別兩依依　別來怎表相思有分香帕子合數松兒紅粉脆痕青牋嫩約丁寧莫

遣人知成病也因誰更自言秋杪親去無疑但恐生時注著合有分于飛

風流子 初春

東風吹碧草年華換行客老滄洲見梅吐舊英柳搖新綠惱人春色還上枝頭寸心亂北隨雲黯黯東逐水悠悠斜日半山暝煙兩岸數聲橫笛一葉扁舟　青門同攜手前歡記渾似夢裏揚州誰念斷腸南陌回首西樓算天長地久有時有盡奈何綿綿此恨無休擬待倩人說與生怕人愁

沁園春 春思

宿靄迷空膩雲籠日晝景漸長正蘭皋泥潤誰家燕

喜蜜脾香少觸處蜂忙盡日無人簾幕挂更風遞遊絲時過牆微雨後有桃愁杏怨紅淚淋浪　風流寸心易感但依依竚立回盡柔腸念小奩瑤鑑重勻絳蠟玉籠金斗時熨沈香柳下相將遊冶處便回首青樓成異鄉相憶事縱蠻牋萬疊難寫微芒

□□□ 少游謫藤州一日醉野人家作此詞本集不載見于地志或不識字妄改可笑

喚起一聲人悄衾冷夢寒窗曉瘴雨過海棠開春色又添多少　社甕釀成微笑半缺椰瓢共舀覺傾倒急投牀醉鄉廣大人間小

鷓鴣天 舊刻逸

枝上流鶯和淚聞新啼痕間舊啼痕一春魚鳥無消息千里關山勞夢魂　無一語對芳尊安排腸斷到黃昏甫能炙得燈兒了雨打梨花深閉門

图书在版编目(CIP)数据

淮海词 / （宋）秦观著；（明）毛晋辑. —北京：中国书店，2012.9
（中国书店藏版古籍丛刊）
ISBN 978-7-5149-0454-3

Ⅰ.①淮… Ⅱ.①秦…②毛… Ⅲ.①宋词—选集
Ⅳ.① I222.844

中国版本图书馆CIP数据核字（2012）第211459号

中國書店藏版古籍叢刊

淮海詞

一函一册

作者　宋·秦觀 著　明·毛晋 輯
出版發行　中國書店
地址　北京市琉璃廠東街一一五號
郵編　一〇〇〇五〇
印刷　北京華藝齋古籍印務有限責任公司
版次　二〇一二年九月
書號　ISBN 978-7-5149-0454-3
定價　四四〇元